文芸社セレクション

恋人は笑顔初段

北 星吾

文芸社

恋人は笑顔初段

静岡県富士宮駅前の歩道橋の上で、博はかすれ声で歌を歌っていた。その横を中高校生、通勤客、いろんな人達がくすくす笑いながら通り過ぎていく。

一、好んでやってるわけではないが
ある日、ある時その気になった
冷たい言葉が骨身にしみた
ああ~桜ふぶきよ、桜ふぶきよ
セールス無情

二、足にまつわる木の葉を踏めば
思い出される君の顔
盃重ねて　残り火を消しても
胸の痛みはまたまたうずく
ああ　木の葉しぐれよ　木の葉しぐれよ
セールス寂し

「一生懸命学校」の街頭唱歌の審査を受けていた。一字一句間違わずに、大きな声で歌わなければならない。街頭唱歌の審査に合格出来なければ、明日も、明後日も受かるまで歌わなければならない。今日は入校してから五日目であるが不合格。

　トレーニングパンツの上衣には、十一個の小さな訓練項目のバッヂが付いている。この十一個のバッヂが十三日間で全部取れれば、修了証書をもらい、訓練終了で会社に帰る事ができる。十三日間でバッヂが一個でも残れば修了証書は受けとる事が出来ない。

　バッヂの項目は、〈体操訓練〉〈笑顔訓練〉〈電話アポ〉〈礼儀、挨拶訓練〉〈街頭唱歌〉〈セールス訓練〉〈数字訓練〉〈四十キロ夜間行進〉〈ほめる訓練〉〈散歩訓練〉〈卒業審査〉

　訓練生は一班十人で、参加者は年齢や会社もまちまちで、二十代の若者から、四、五十代の方までいて、博は四十三歳である。

一生懸命学校に入校してから今日で六日目であるが、まだバッチは六個残っている。朝は四時半起床、毛布、布団をキチンとたたんで身支度を整え、校庭に出てランニングをして体を温めていると松岡講師が出てきて、一緒にラジオ体操が始まる。全員で大きな声を出して体操をするのだが、班の中で一人でも手足の伸び縮みが悪かったり、声が出ていないと最初からやり直しである。毎日、三、四回はやり直さなくてはならない。体操が終わったら、校庭から教室に移動して訓練が始まる。講師は常にストップウオッチを首にぶら下げていて、集合時間を何分後と指示し、一人でも一秒でも時間を過ぎると、また校庭に戻りやり直しである。全ての行動は秒単位で進んでいく。

例えば電話アポの審査では、実際に電話をかけて、ある企業の社長さんに会わせてもらえる様にアポを取るのである。電話アポは二人一組で社長室といわれる部屋から電話をかけるのだが、初めての電話アポの時、二人とも社長室でのけぞっていると、突然講師が入ってきて、その態度は何だと叱られて、外に出されて、二人ともバケツ二杯の水を浴びせられた。そして、その日の電話アポは中止となった。どの審査も一班十人であるから次回の審査まで順番待ちである。

数字的に一億円の儲け話があるからと言っても、社長は今から二億円の商談に出かけるからと会ってはもらえない。その他、会社の数字的な利益や、改革案的な事を言っても全く相手にしてもらえず、博は少し作戦を変えてみた。

「先日、社長さんからお聞きしていた、奥様が大変気にしておられた息子さんの件で、今日は良い情報をお持ちいたしましたので、十分お時間いただけませんでしょうか」と伝えると、「社長、お会いいたします。電話アポ合格、合格おめでとう」電話アポのバッヂが一個とれる。

博も講師に抱きついて、「ありがとうございます」仲間も抱きついてきて、「北村さん、電話アポ審査合格おめでとう」「ありがとうございます」何故か涙がほほを伝わり止まらない。

街頭唱歌もかすれ声で、ほとんど声は出ない状態でしたが、感激にむせび涙声でつまって歌ったのだが、七十メートル先の講師の手が大きなマルを作り、

「合格」

全ての審査において、合格基準は、個人、個人によって違うのかもしれない。真に自分の力を一〇〇%出し切って真剣にやっていると講師が感じたら合格になるのかも……。

毎日合宿訓練参加報告書を書く。

昭和六十一年十一月二十九日（七日目）

取締役部長　桂木忠良様

セールス第三班　北村　博

記

一、訓練について

入校して早七日目です。体の方も少しは慣れてきましたが、今日の午後からは、四十キロ夜間行進があります。昨年の夏、会社で富士山に登った時の事を思い出し完歩します。昨日の散歩訓練の時、富士山が笠をかぶっている姿を見ました。とても大きな笠で「天女でも降りてくるのではないか」なんて講師の方が言っておられました。富士山が笠をかぶった時は、必ず雨だそうです。今日の四十キロ夜間行進が思いやられます。

訓練中は、二十四時間が訓練で休む暇はありません。午前中十三分、午後十三分の休みがあるだけです。休み時間中も講師と話をしています。講師の人生論の様なものも折にふれて聞く事が出来ます。

二、感心した事

一つ感心した事があります。講師に私達の様な人間をどうしてつくるのか、と問うたところ、基礎的教養力のある人間を一人でも多くつくる事が私の使命だ、と言われました。

三、挨拶の事

訓練に参加してもう一つ良い事がありました。友達が沢山出来た事です。話しかけるとみんな答えてくれます。「おはよう」と言えば必ず「おはよう」と大きな声で言ってくれるのです。私は今まで挨拶ひとつまともに出来ていませんでした。会社に帰ってからは人一倍大きな声で挨拶しようと思います。

四、ビデオについて

昨日ビデオを観ての感想文を書く研修がありました。セールスマンの姿を描いたものでしたが、内向的な性格もセールスに向いているという事を強く言っていました。私自身も内向的だと思っていたのですが、これからは内向的だからこそセールスに向いているのだと思って仕事をやりとげる事にします。

そんな日々が過ぎ、博も十二日目に最後の卒業審査のバッヂ、一個残すだけとなった。

卒業審査に合格した者はその場で修了証書をもらい、帰っていくので仲間と会う事はない。（審査の部屋も別になっていて、一人ずつ審査が行われる）

同じ班の地獄の友も既に三人は卒業審査に合格して残り六人となっていた。

（二日目の訓練中に一人は、訓練に耐えきれず止めて帰っていった）

博も残り一日となって卒業審査のバッヂが本当に取れるのだろうか？　バッヂが取れなくて、修了証書を手にする事なく、会社に帰る事になったらどうすればいいのだろうかと、そんな思いが頭の中をよぎる。

（一生懸命学校で学んだ事を生かして会社の為に役立つ人間になりたい）

（会社に帰って、今までの二倍の売上げを達成します）

（今までの三倍の大きな声で挨拶をします）

等と言っても講師は全く相手にしてはくれない。

そうだ卒業審査も少し視点を変えて、（笑顔）の事を言ってみようと頭の中を整理し直した。

松岡講師に向かって、講師の目を見ながら「私は、今日から毎日接する、友人、家族、会社の仲間、近所の人、これから先出会う全ての方に、いつも笑顔で、いつもの二倍の大きな声で挨拶します」と言ったら、

「北村博君、卒業審査合格。おめでとう。今日の君の笑顔は最高だ。いつどこにいても仲間の笑顔思い出して頑張れよ」

「ありがとうございます」

ほとんど声は出ないかすれた声は涙声になっていて、しばらく涙が止まらなかった。この様な思いで一生懸命学校の修了証書を手にする事が出来たのだった。

修了証書
あなたは一生懸命学校所定の十三日間合宿セールス特別訓練を汗と涙によって修得したことを証します
一生懸命学校　校長　橋下康

今も額に入った修了証書は部屋に飾ってある。同時に一生懸命学校で同じ年代の地獄の友が出来た事がとても嬉しかった。彼とは再会を誓って一生懸命学校を後にした。

会社に帰ってからもしばらくは、博のデスクには誰も寄りつこうとしない。一生懸命学校で洗脳された大きな声で挨拶するからである。でも、一ケ月、二ケ月が過ぎると、周りの上司や、同僚、部下も以前よりも二倍位の声で挨拶する様になり、職場の雰囲気も、明るく、さわやか、キビキビしたものになった。博はボーナス時に（笑顔、挨拶大賞）を受賞し金一封を受け取った。

博は今の仕事（スーパーマーケットのバイヤー）は自分に合っているし、大好きなのだが、旅行好きで、旅行業に興味があり、自分で旅行代理店を興したく思い、旅行業務取扱主任者の資格取得に挑戦してみることにした。一年間通信教育を受け、一年後の秋、旅行業務取扱主任者の試験に合格。

会社に辞表を提出したが、直ぐにOKは出なかった。何度か部長と話し、自分でどうしても旅行業をやってみたい旨を分かってもらい辞表が受理された。

最後の部長の言葉は、「もしも仕事に行き詰まる様な事があれば、何時でも相談に来なさい」という事と「我が社で学んで身に付けた事を、社会に役立てて下さい」だった。

優しい部長の言葉には、博も心に響くものがあり、旅行業を成功させ、社会に役立つ人間になろうと自分自身に誓った。

旅行業務取扱主任者の試験に合格しただけで、旅行業のイ、ロ、ハも何も知らないまま、小さな事務所を開設し、旅行業を始めた。退職時にもらった退職金と貯えていた計四〇〇万円が資本である。二〇〇万円は供託金に…。まあ一年間は旅行の仕事はゼロでも何とか食っていけるだろう。

ここで博の十数年前の出来事と思い出を紹介しよう。

「おばあちゃん、お父さんはいつ帰ってくるの」

「お父さんは、病気で宇部の病院に入院したから、いつ帰ってくるか分からないよ」

涙をいっぱい溜めた智恵の寂しそうな目を今でも忘れられないと母は言う。

博は三十二歳の時、離婚して田舎の実家に帰ってきたのだが、離婚の精神的な重みに耐え切れず、精神科の病院に入院したのだ。

留美（六歳）智恵（三歳）の娘二人は博が引き取って実家で暮らしていた。当時は、祖母、母も元気で娘二人の面倒をみてもらっていた。突然の父親の入院で、祖母、両親にとても心配をかけたと思っている。

長女の小学校の入学式には、祖母に出席してもらった。祖母と一緒の入学式に、長女は何も言わず、祖母と一緒に写っているランドセル姿の写真が目がしらを熱くする。

母には毎日の様に二人の娘が、「お父さんはいつ帰ってくるの」と尋ねてくるが、母は返す言葉がなくて、涙ぐんでいる二人の孫娘の姿に息のつまる毎日であったと思う。それでも娘二人は別れた妻（母親）の事は一言も言わなかったと…。子供心に母親の事は口にしてはいけないと思っていたのだろうか？

博が入院する一週間位前であったが娘達と約束していた事があった。

「お父さん、おひな様の日に、ひな人形買って。友達は大きなおひな様を買ってもらったって」

「ひな祭りには、素敵なおひな様飾ってあげるから楽しみに待っていなさい」

娘達は三月三日のひな祭りを楽しみにしていたのだが、突然の父親の入院でそれも叶わなくなってしまったのだ。

博が退院して帰ってきた当日は、長女は小学校に次女は幼稚園に行っていて、まだ自宅に帰っていなかった。その足で小学校と幼稚園に行ってみることにした。

長女は授業は終わっていて、校庭で友達とボール遊びをしていた。

「留美、お父さん今帰ったよ」って大きな声で叫ぶと、走ってきて「おとうさん、毎日淋しかったよ」と涙ぐみ、私も大つぶの涙がこぼれた。一緒にボール遊びをしていた友達もみんな寄ってきて「留美ちゃんのお父さん？　良かったね」と言ってくれた。

次女の方は教室で絵を書いていて、私の顔を描いているところだった。顔の横には（おとうさん）と書いてあり…。

「智恵、お父さん元気になって帰ってきたよ」

「おとうさん」って抱きついてきた。

幼稚園の先生が、〈おとうさんが大好き〉って今、お父さんの絵を書いていたのですよ…。先生の目にも涙が浮かんでいた。

娘の誕生日は五月十七日と五月二十一日で五月十七日の次女の誕生日の日に、母に頼んで、娘二人にお化粧をしてもらうことにした。

二人が、風呂から上がってくると、薄化粧をし、口紅もつけてもらった。娘達も初めはとまどって恥ずかしそうにしていたが、うれしそうである。二人の可愛いおひな様が出来上がった。

「智恵、今日は誕生日おめでとう。ひな祭りには人形買うことが出来なくてごめんね。こんなに可愛いおひな様が二人いるからお父さんうれしいよ」

「うん、おとうさんありがとう。もうどこにも行かないで」

「大丈夫だよ。お父さんもうどこにも行かないからね」

誕生日ケーキと祖母が作ってくれた柏餅を皆んなで食べた。新緑のさわやかな風が、幸せを運んで来てくれたのだと思った。

旅行代理店は開業してから三ケ月位は仕事も全くなかったが、ホテルの予約、JR券、航空券、バスの予約が少しずつ入る様になり順調な滑り出しであった。三月上旬の土曜日、店は開けていたが、営業はしておらず、博は事務所で旅程のコースを作成していた。自転車に乗った旅行客かと思われる女性に、ガイドブックの写真を見せられ、「笠山の椿園にはどう行ったらいいのでしょう」と訪ねられ…。
「ああ、笠山の椿園ならここから、自転車で二十分位ですよ。よかったら現地まで案内します」と答えると、「ご迷惑でなければお願いします」と返事が返ってきた。博も自転車に乗って椿園の説明をしながら道案内をした。

萩市の北約四キロの場所にある日本海に突き出た笠山の椿群生林は約二万五千本のやぶ椿の木が生っている。何故これだけの自然の椿林がここに残っているかといえば、江戸時代、萩城から観て、こちらの方角が鬼門（北）にあたる為にこの地への立ち入りが禁止されていた。それで手つかずの豊かな自然林が残されたのだ。博はついでに椿園を案内して帰ることにした。

大きな二百年以上も経っているかと思われる木に〈標準木〉って札が取り付けてある。

「標準木って何？」

「あ～標準木ね。この椿林に何本かあって、この標準木の椿の花が何輪か咲き始めると椿の開花宣言を出すのですよ」

「そうなの？　知らなかった」

「桜の花の開花宣言と一緒ですよ」

彼女もこんなに広い椿原生林を見たのは初めてだと、とても嬉しそうな笑顔が返ってくる。

「椿の種類ってすごく多いですよね。自宅にわび助を植えているのよ」

「そうですね～、笠山の椿はほとんどヤブ椿で、実が落ちる頃には、実を拾って椿油を作っているのですよ」

「今でも椿油作っているの」

「そう」

「一度、添乗で行った事があるのですが、広島の観音寺さんには七〇〇種の椿が植えてあると案内板に書いてありましたよ」

「へえ～七〇〇種も、一度行ってみたいですね」

途中彼女から自分を被写体にして写真を撮ってくれと何度か頼まれ、携帯（スマホ）で撮る。

椿林の出口の所に〈椿庵〉と名のついた小さな食堂があり、そこまで案内して博は帰ることにした。

「今日はここで失礼いたします」

「ガイド有難うございました。私の名前は森口京（みやこ）です。宇部の病院に勤めています」

「どういたしまして、道中お気をつけて萩観光を楽しんで下さいませ」

別れ際名刺を渡しておいた。

博は団体の添乗員として出かける事もあるが、添乗時にお客様に「わしゃあートイレが近いからバス度々止めてほしいんじゃあ」と何度か言われた事があったが、最近、博自身トイレの感覚が近くなったし、トイレ後も残尿感が残る様になってきた。自分でも六十歳過ぎたことだし、膀胱炎にでもなったのかなあ～と思っていたのだが、とにかく泌尿器科で診察してもらうことにした。泌尿器科は町には開業医が一軒と日赤に泌尿器科があるだけである。開業医の林医院を受診した。血液検査と簡単な診察を受けたのだが、血液検査の結果が出てからもう一度来る様に言われた。後日の血液検査の結果に、林先生は、「北村さんこれは九〇％前立腺ガンですね」…と。

自分自身が前立腺癌の宣告を受けた事に、何か信じられない思いがした。まさか自分が前立腺癌にかかっているとは。先生は、「今日本人男性が一番かかりやすい癌ですね。以前は、胃とか大腸癌でしたが…。でも前立腺癌の治療は非常に進んでいますから大丈夫ですよ。大学病院の泌尿器科を紹介しますから、今後の治療は大学病院で受けて下さい」

「ハイ宜しくお願い致します」と返事をしたものの気が重い毎日が続いた。紹介状を持って大学病院での再検査となった。

萩から宇部までの距離は約五〇キロだが、念の為前日は大学病院の近くのホテルに泊まる事にした。

検査当日は、朝食は摂らないで来て下さい、という事で水一杯だけ飲んで出かけた。受付時間は八時三十分からだが、八時に駐車場に着くと一階の駐車場は既に満車で二階の駐車場に車を停めた。予約はあらかじめ取っていたので安心だが、田舎の病院と違って受診する人の数は凄く多い。七時三十分からもう既に仮受付が始まっていて、警備員の方が受付番号札を順番に渡していた。博も番号札をもらい順番に並んだ。この順番待ちのほとんどの人は予約を取っている。受付機に受診カードを通すと予約表が出てくる。（血液検査採取コーナーが混雑するので、皆さん仮受付の順番を取っているのだと思った）

血液採取、尿検査、CT、MR、レントゲン、注射と、全て終わったのは十四時過ぎであった。今日は一日病院に入院する事になっている。十八時から夕食で食事内容も良くて全て食べた。十九時半頃になると看護師さんが回診に来られ、血圧、体温、脈、血液中の酸素濃度を計られる。

「今日はお疲れになったでしょう。ゆっくりお休み下さい」

「ありがとうございます」

全てが初めての経験ばかりで、興奮気味でなかなか眠りにつけなかった。翌日は一週間先に、昨日の検査結果を聞きに来なさいということで、朝食を摂りそのまま帰宅した。

検査の結果はやはり開業医の林先生と同じで、前立腺特異抗原（PSA）の数値は、三八・三〇。主治医山中先生にはっきりと「前立腺癌ですね」と宣告された。

先生から「北村さん、そう深刻に考えられなくても大丈夫ですよ。六ケ月間かけて、注射と薬でPSAの値を下げて、数値が〇・一位になれば、体にあまり負担のないロボットによる手術の方法もありますから。ただし周辺に癌とリンパの転移がなければですが。今この写真を見るかぎりでは、骨やリンパへの転移は認められません。そのステップに向けての注射をして、薬を出しておきます」

リュープリンPRO注射をして、ビタルタミドOD錠八十Mgの処方箋をいただいた。二ケ月後の受診ではPSA値が一・六七に、四ケ月後には、〇・〇五に、六ケ月後に〇・〇一と下がり、七月一日の手術の運びとなった。

前日から手術に向けての入院となり、午後からは下準備で、食事を摂る事は出来ず、注射があり、あまり動き回らない様にという事で、ベッドで静かにしていた。

手術当日は九時三十分にストレッチャーに乗せられて、看護師と一緒に手術室に向かう。

部屋に入ると主治医の山中先生と約八人位の医療スタッフの方が手術の準備をしている姿が目に入る。テレビの画像で手術の場面を一、二回見た事はあったが、まさか自分が手術を受けようとは…。

　少し大きめの声で「おはようございます。先生宜しくお願い致します」と挨拶した。主治医の山中先生は「私達スタッフ全員ベストを尽くしますから、肩の力を抜いてリラックスして下さいね」「ハイ」

　直ぐに、腹腔鏡下前立腺悪性腫瘍手術が始まり、麻酔を打たれた後の事は全く覚えていない。十時頃から始まったロボット手術は十四時位に終わった。

「北村さん看護師の松山です。判りますか」

「ハイ判りますよ」

「手術は無事終わりましたよ。それと山中先生が御家族の方に、無事手術が終わった旨を電話されていましたよ」

「ハイ、有難うございました」

　手術当日は集中治療室（ＩＣＵ）での入院となった。翌日十時位に自分の部屋に戻ることが出来た。尿の意識が全くなくて、無意識の内に尿が出ているのである。紙オムツとパットを付けている。

「北村さん、早速ですが紙オムツやパットを交換される時は、紙オムツとパットのグラム量を必ずこの用紙に書いておいて下さいね」

「ハイ」

「最初の時の紙オムツやパットは入院費でいただくことになっていますが、これがなくなったら売店で求めて下さい」「ハイ」

歩いたり、動いたりは自由に出来るのだが、何か体全体に力が入らない。食事もおかゆ食である。

手術後、三日目の朝七時に病院内にある売店（コンビニ）にジュースと紙おむつを買いに行こうとした時、コンビニの方に早足で歩いている女性を見つけた。後姿でよく分からなかったが、店内で顔を合わせて、二人ともビックリ…。

以前萩の椿園を案内した森口さんだった。

「萩の北村さんですよね。いつぞやは椿園案内、有難うございました。入院されているのですか」

「ハイ、一日にロボットによる前立腺の手術を受けたばかりです」

「そうでしたか？　当院のスタッフは皆さん優しい方ばかりですよ。何か困った事がありましたら私に声かけて下さいね」

名前と携帯電話番号を書いたメモをもらった。森口京さんの電話番号は二つ書いてあり、個人と院内用と記してある。

部屋に帰って、担当の看護師さんに森口さんの事を話すと、ビックリした顔で、森口さんは当病院の看護師長ですよと言われ、博は又ビックリ。

森口看護師長さんは、看護師さんにとても人気があり、他の病院や施設にもよく出かけられて、講演されたり、新人の看護師さんには笑顔の話をされたり、ナースのあこがれの的であると教えてくれた。

病院に勤務されていると言われていたが、まさか大学病院の師長さんとは。

その日、十八時三十分頃であった。夕食を終えてゆっくりしていると、森口師長さんが部屋に来て、

「私、今仕事が終わったので、帰りますが、何か心配事はありませんか」と…。

「別に何もありません。スタッフさんの明るい笑顔にいろんな事学びました」

と答えると、入院中はなるべく院内を歩く様にと声をかけられた。な〜る程、師長さんのその様な小さな心使いが大切なんだと博は一人感心した。森口師長さんの電話番号はスマホの新しい連絡先に入れておいた。

術後六日目に退院に向けてのレントゲン検査が午前中にあり、午後、検査結果の受診を受けたが…。

「北村さん、術後の膀胱の所から一ケ所、尿もれが止まっていなくて、明日の退院は無理ですね」と言われ少しガックリした。

「一週間後に再びレントゲンを撮り、その結果次第ですね」

「ハイ。ありがとうございます」

自分の体とはいえ、自分自身でコントロール出来ないので、自然治癒力にたよるしかない。日頃から体を鍛えておかないと、歳を重ねる度に大変な事になると反省した。

一週間後のレントゲンの結果はＯＫで、一週間遅れで退院した。

退院の当日は、主治医山中先生、看護師さん、同じ部屋で知り合った友達が見送ってくれ、嬉しい退院だったが、「皆様大変お世話様になりありがとうございました」を言った時には涙声になっていた。

自宅に帰ってからも、尿もれはほとんど止まらず、憂うつな日々が続いていた。

退院してから二ケ月位した時、大学病院の森口師長さんからＳＭＳ（ショートメッセージ）が、

〈退院日には、お見送り出来ずにゴメンなさい。その後体調は順調に回復されていますか〉

〈ありがとうございます。尿もれ以外は体の調子はいいですよ〉

と返信した。

〈尿もれは大丈夫ですよ。ほとんどの方が、術後六ケ月位から、一年すると回復しますから、骨盤底筋体操を毎日して下さいね〉

〈パンフは頂いていましたが忘れていました〉

その日から毎日、三～四回骨盤底筋体操をする事にした。パンフにはこの様に書いてある。

前立腺全摘除術後の患者様へ
　前立腺全摘除術の尿もれは、前立腺の周囲の神経や筋肉が傷つくことで起きます。また膀胱と前立腺の間を切り、膀胱を尿道につなげることで膀胱容量が手術前より小さくなることで起きます。そこで尿もれの改善には骨盤底筋を強化する骨盤底筋体操が有効です。体操を毎日続けることで、尿道や肛門が引き締まり、次第に尿もれの頻度は少なくなります。尿もれが解消するまでの期間も三ケ月程度短縮できるといわれています。骨盤底筋体操の基本動作とポイントが絵入りのパンフに詳しく説明してあります。いろんな姿勢で肛門をキューと締めたまま五つ数えましょう。数回の繰り返しを一セットして一日五セット行いましょう。

　と書いてある。こんな大切な運動をしていなかったのだ。
　その日から毎日、骨盤底筋体操をしていたところ、手術から六ケ月位過ぎた十二月になると尿もれも少なくなり、尿意のコントロールも出来る様になってきた。しかし、走ったり、反復横飛び、腹筋運動をすると尿もれしているのが自分でも分かる。逆に走ったり、腹筋している時に尿もれしなくなれば、完璧に回復したのだろうと思える。

　年が改まり三月の月始めの木曜日に森口師長さんからＳＮＳにメールが入った。

〈その後体調はいかがですか？　大変急ですが、土、日一泊で又萩に行ってみたいのですが〉

〈ＯＫ、大丈夫ですよ。尿もれもほとんど回復しましたし、是非おいでませ〉

　土曜日は、十時に彼女が泊まるビジネスホテルで待ち合わせる事にした。約束した東萩駅前のビジネスホテルの駐車場で待っていると、十時少し前に車が到着した。

「おはようございます。大学病院では大変お世話様になりました」

「おはようございます。病院では何も出来なくてゴメンなさい」

「スタッフの皆さんに良くしていただきましたよ」

　彼女の車はホテルの駐車場に置き、博の車に乗りかえた。彼女の希望もあり、藍場川を案内することにした。

萩の町には、大きな川が二つ流れていて、その三角州の中に街並が広がっている。この川の水を上手に街並に引き込んで、家庭の水源として利用している。藍場川の周辺の町並は、今でも観光客には人気の観光スポットである。

駐車場に車を止めて二人で藍場川沿いを歩くことにした。旧湯川家屋跡を訪れると受付の女性の方が感じ良く迎えて下さって「どちらからお越しですか」って聞かれ「私は地元ですが彼女は宇部からだと」答えたら、「宇部の常盤公園には、桜の季節には何度か行った事がありますよ。数十年前には阿知須に潮干狩り良く行ったものですよ」

その様な会話がはずんだ。会話に続いて藍場川の説明を付け加えられた。

一八世紀半ば六代藩主、毛利宗広が参勤交代の折、岡山城下に立ち寄った際に、吉井川から城下へ、倉安川という大きな溝を掘って水を引き入れ街の生活に活用されていました。これを真似て、一七四四年に藍場川は造られたのです。

今日でも岡山に同じ風景が残っています。その後、藍玉座が設営され、その為川が藍色にそまり、いつの間にか藍場川と呼ばれる様になったと言われています。

二・六キロメートルにわたり市内を縫う様に流れていて、農業用水、防火用水、川舟による物資の運搬、水害時の水はけに利用されていました。今でもハトバトと呼ばれる洗い場や、川舟が通りやすい様に中央を高くした石橋などに昔の面影がしのばれます。城下町の生活情緒を伝え残しており、川沿いは歴史的景観が、保存地区に指定されています。

旧湯川家の庭園はこの水路を利用した水が流れていて、庭園の中をゆっくり泳ぐ自然の鯉や、ハヤの姿が時を忘れさせてくれる。

受付の方に突然「今日が一番若い日だからお二人一緒に庭園をバックに写真を撮りませんか」って声をかけられ、博と京は一枚の写真に納まった。

それにしても、今日が一番若い日という言葉には二人とも感心した。スマホで撮ってもらったが、笑顔に写っていて嬉しかった。今日が一番若い日の言葉が利いていて二人の心を若がえらせたのかもしれない。

藍場川に沿って歩いていると昨年の夏みかんが生っている。夏みかんは五月末位までには収穫するのですが、そのまま放置しておくと、初夏になると同じ木に昨年の夏みかんと、今年の三センチ位の実をつけた親子の夏みかんを見かけることがある。

「萩では親と子の夏みかんが生っているから（代、代、ダイダイ）って呼ばれ、代代家が栄えます様にと、縁起の良い果物として、お正月の鏡餅の上に乗せたり、婚礼の時は飾りに使うのですよ」

「そうなの。ダイダイってそういう意味だったの」

「だから萩の人は夏みかんの事ダイダイって呼ぶ人が多いですよ」

二人で歩いた藍場川

あなたは夏みかんの花の香りが好きだと

言っていましたね
　春風があなたの香りを運んできてくれます
　京は仕事柄かいつも笑顔が素敵である。博も、さわやかな笑顔に自分の顔のパーツを変えなくてはと…。ああそうだったのか、一生懸命学校の〈いつも笑顔で接します〉という事は。
　昼食は、畔亭（ほとりてい）にランチを予約しておいた。畔亭は世界遺産の萩城下町、萩城の堀の向側にあり、築七〇年以上の綱元の家を改装し、民家の雰囲気を十分に味わう事が出来、美しい日本庭園は四季折々の姿を楽しませてくれる。予約していた〈晋作好き小萩弁当〉には京も満足な様子で話もはずむ。
　博は少し勇気を出して京に尋ねてみた。
「京さんは、いつも笑顔が素敵ですね。その笑顔の根源はどこから来ているのですか」
「ありがとうございます。私も旅好きなので若い頃には海外旅行に良く出かけていたの」

「そうなんですか？　海外旅行に」

「米国アイダホ州ポカテロって人口約五万人の町ご存知ですか？」

「いいえ聞いた事ありません」

「ポカテロを旅していた時に、笑顔週間で、スマイリングポカテロコンテストが開催されていて、優勝された女性の方も男性の方も、とても素敵な笑顔でしたよ。その時から私も笑顔美人めざして頑張っているの」

「そうだったのですか、大変興味あるお話しですね」

「笑顔は相手に対しての最高のプレゼントですものね」

「今日は最高のプレゼントを頂きまして、有難うございました」

一九四八年にポカテロ市笑顔条例が制定されたとの事。

ポカテロ市笑顔条例

第一条　過去には渋面を作ったり、うっとうしい顔をした市民が沢山いました。これらの行為はポカテロ市の名誉を傷つけるものです。

第二条　八月の第二週、ポカテロ笑顔週間に市民は協力し違反者は逮捕されます。

第三条　違反者はスマイルセンターで笑顔ができるまで講習を受けなければなりません。

今日でもポカテロ市は〈ほほえみの街〉というニックネームがついていて、素朴で温かい人達が住んでいて米国人気ナンバーワンの町だそうです。

「北村さん、松陰先生の松下村塾にあやかって〈笑香村塾〉と萩市笑顔条例を作ったら面白いですよ」

「とっても良いお話し有難うございます。早速、萩市長さんにお願いしてみます」

午後は陶芸の村公園の河津桜を観に行く事にした。河津桜は二月下旬から、三月上旬にかけて楽しめる。松陰先生誕生地の裏手の田床山、山麓にある広大な公園で市民の憩いの場となっている。この公園から萩市内、指月山の眺めは最高のロケーションである。

　京は園芸村は初めてであり、山麓からの風景は最高だと、スマホで何枚も写真を撮っていた。彼女の写真も二～三枚撮ってあげた。桜を入れての京の笑顔は素敵な一コマとなった。

「後で私のラインにも送って下さいね」

「ハーイ」

　森口師長を、今日、宿泊予定の東萩駅前のビジネスホテルに送ると、萩案内の御礼に夕食ご馳走しますから、ご一緒しませんかと言われ、遠慮なくいただく事にした。

　ビジネスホテルの二階のダイニング梅の木で夕食を摂る事にした。京は自分と博に、お造り膳と別にシーフードサラダを注文した。

　お飲み物はと言われ、京は生ビール中を、博も、まあ一緒にお酒を飲む事もないだろうし、代行運転で自宅まで帰るつもりで、同じ生ビール中を注文した。

「今日は、私の知らない素敵な所を案内して下さってありがとうございました。お疲れ様」

「こちらこそ夕食ご馳走して頂きありがとうございます」

「乾杯」

「北村さん、最近こんなに美味しいお刺身いただいたのは久しぶり、それとこのお刺身醬油おいしいね。お刺身にピッタリ」

「そうですね。田丸醬油美味しいですよ。萩の漁師さん、旅館、料理屋さんは、ほとんどこのお醬油使っておられますよ。お土産に是非一本買って帰られたら。道の駅（シーマート）に売っていますよ」

「そうします。ありがとうございます」

「最近、萩でも大敷網が復活して、魚も沢山捕れる様になったみたいです」

その様な言葉を交わしながら二人一緒にいただく夕食は、博にとっては素敵な思い出の一コマとなった。あっという間の二時間が過ぎ、博は何か別れづらい気がしたが、代行運転に電話した。

「今日はご馳走様でした。明日は運転お気をつけておかえり下さいませ」

「こちらこそ、楽しい一日ありがとうございました。おやすみなさい」

「おやすみなさい」

　博は代行の車の中で少し涙ぐみ、口びるをかみしめた。自宅に着いたのは二十一時であった。満天の星空が広がっている。時々、星空を見ながらこんな事を思う。

　あの北斗星の光が地球に届くのには、何億光年とかかるのに…。そんな事を思うと、本当に自分自身はちっぽけで、何を考えているのだろうか。

　自然、海、山、川、森、宇宙、彼らは私が何を言ったって、何をしたって、いつも変わらぬ姿で、私を温かく見守っていてくれる。あの大自然よりも、もっともっと大きな心で、笑顔で精一杯生きられたらいいなあー。

　森口京さんの提案〈笑香村塾〉とそれに伴う笑顔条例等の話を、早速萩市長に提案した。市長は大変面白い話で、ブレーンにも相談して、六月議会にかけてみようという話になった。六月末に博に電話があり、笑香村塾の件は、議会の多数決で決した。市役所にも〈スマイル課〉なるものを設けて、具体作に乗り出すので、意見を聞かせてほしいと。博も以前から笑顔には興味がありＯＫした。

最初の試みとして、森口京さんに笑顔の講話を、市役所職員にしてもらおうという事になった。博が仲介して、その事を森口京さんに伝えると心よく引き受けてもらい、日時は後日返事しますと。

七月一週目の日曜に森口京さんの〈スマイルパワー〉と題する講話があった。市長はじめ、市職員、市職員の家族、市議、約一五〇人位の出席があった。森口京さんの簡単な紹介があり講話が始まった。

私は宇部市に住んでいますが、吉田松陰先生も、萩の町も大好きです。松陰先生と金子重之輔（かねこしげのすけ）さんが外国船（ポーハタン号）に小舟にてこぎつけたのですが、ペリー提督は、日米和親条約が結ばれた直後であり、二人の乗船、密航を拒否された話は、萩市民の皆様はよくご存知かと思います。

その時、金子重之助さんは「こうなっては私はいさぎよく切腹する。それより他に道はございません」と松陰先生の前で切腹しようとしたそうですが、松陰先生は静かに首を横に振ってほほえまれ、「私は今、萩の両親のやさしい笑顔を思い浮べています」

と諭し、重之助さんの切腹を思いとどまらせたと聞いております。もしもあの時に二人とも切腹されていたら、日本の夜明けはもっと遅くなっていたことでしょう。先生は自分が一番苦境に立たされた時にはいつも、萩の両親の笑顔を思い浮かべられていたのでしょうね。

「親思う心にまさる親心　今日のおとづれ何ときくらん」

皆様の笑顔に勝るものはありません。二一世紀のキーワードは笑顔です。私と一緒に笑顔作りをしましょうね。

今から私が質問をいたしますので、該当される方は手を上げてみて下さい。

質問一　今日、朝起きられまして顔を洗われなかった方…。一人の挙手があ

郵便はがき

料金受取人払郵便

差出有効期間
2025年3月
31日まで
（切手不要）

1 6 0-8 7 9 1

1 4 1

東京都新宿区新宿1－10－1

(株)文芸社

愛読者カード係 行

ふりがな お名前		明治 大正 昭和 平成 年生 歳
ふりがな ご住所	□□□-□□□□	性別 男・女
お電話 番 号	（書籍ご注文の際に必要です）	ご職業
E-mail		
ご購読雑誌（複数可）		ご購読新聞 新聞

最近読んでおもしろかった本や今後、とりあげてほしいテーマをお教えください。

ご自分の研究成果や経験、お考え等を出版してみたいというお気持ちはありますか。

ある　ない　内容・テーマ（　　　　　）

現在完成した作品をお持ちですか。

ある　ない　ジャンル・原稿量（　　　　　）

書　名				
お買上 書　店	都道 府県	市区 郡	書店名	書店
			ご購入日	年　　月　　日

本書をどこでお知りになりましたか?

1.書店店頭　2.知人にすすめられて　3.インターネット(サイト名　　　　　　)

4.DMハガキ　5.広告、記事を見て(新聞、雑誌名　　　　　　)

上の質問に関連して、ご購入の決め手となったのは?

1.タイトル　2.著者　3.内容　4.カバーデザイン　5.帯

その他ご自由にお書きください。

(　　　　　　　　　　　　　　　　　　)

本書についてのご意見、ご感想をお聞かせください。

①内容について

②カバー、タイトル、帯について

弊社Webサイトからもご意見、ご感想をお寄せいただけます。

ご協力ありがとうございました。

※お寄せいただいたご意見、ご感想は新聞広告等で匿名にて使わせていただくことがあります。

※お客様の個人情報は、小社からの連絡のみに使用します。社外に提供することは一切ありません。

■書籍のご注文は、お近くの書店または、ブックサービス(0120-29-9625)、セブンネットショッピング(http://7net.omni7.jp/)にお申し込み下さい。

り、皆さん爆笑。

質問二　女性の方で今日、お化粧をしないでここに来られた方…。三人の挙手があり大笑。

質問三　毎日、笑顔のエクササイズ作りをしておられる方…。挙手ゼロ。

質問四　今日朝起きて、家族の方に「おはようございます」と挨拶された方…。二十人位の方が挙手。

皆様、自分の顔が一番大切なのですよね。自分で自分の顔造りが出来るのは人間だけですよ。でしたら毎日、何故もっと自分の顔を大切になさらないのでしょうか？

もうどうでもいいやとあきらめておられるのでしょうか？。女性の方はお化粧は念入りにされますが、笑顔作りはなかなかね。

先日、救急救命士の方から聞いた話ですが、一一九番通報があり、救急車で駆けつけたところ、八十歳位の女性の方でしたが、まだまゆげをかいてないから、ちょっと救急車に乗せるの待って下さいと言われたそうです。

船井総研（企業コンサルタント）の船井幸雄さんは、人相を良くする秘訣の第一は笑顔です、とおっしゃっています。

企業はどんな人材を求めているかと問われ、

一、まず挨拶がキチンと大きな声で出来ること
二、プラス発想型人間
三、素直、肯定人間
四、勉強好き、挑戦、やる気人間
五、謙虚な笑顔人間

私は謙虚な笑顔人間が大好きです。松下幸之助氏も、商品を売るだけではなく、商品プラス笑顔を売りなさいと、言っておられます。

皆様、お一人お一人の顔には今日までの努力と笑顔の回数が刻み込まれてい

るのです。

皆様が成功される為にはもちろん本人の努力が一番大切ですが、その為には、人に好かれ、引き立てられ、周りの人に協力してもらえる人こそが本当の意味での力のある人です。

その為にはスマイルパワーが必要なのです。欧米では昔から〈スマイルパワー〉という言葉があって、笑顔が強運やツキを呼び込み、笑顔が魅力的な人ほど、幸せで豊かな人生が送れると言われています。

あなたの魅力的な笑顔は人をひきつけ、人を幸せな気持ちにし、それが何倍にもなってあなたに返ってくるのです。

そしてあなたの運命を変えていく、それがスマイルパワーなのです。米国にはスマイルデザイナーなる職業があります。スマイルデザイナーとは、政治家、芸能人などの有名人をはじめ一般の方にも、どうしたら魅力的な笑顔でアピール出来るかをアドバイスする職業です。多くのトップクラスの人々が、スマイルデザイナーを付け、いかにいい笑顔で人々にアピールするかという努力を怠りません。

いい笑顔の人には、いいなあ、素敵だなあ、と思うとともに、あの人の為に何かしてあげたい。出来れば協力してあげたい。困っているなら助けてあげたい。一度デートしてみたい…なんて気持がわき起こります。

日本でも一九八七年からミスユニバースを選ぶ審査項目に〈笑顔が素敵である事〉がつけ加えられました。


〈笑顔〉

一、あなたの笑顔は周りを幸せにする
二、笑顔の人は心も優しくなれる
三、笑顔は人に与えられた最高の宝物
四、笑顔でいれば何もいらない、笑顔が幸運をもたらしてくれる
五、目がきれいになり、顔が美しくなる
六、言葉がやさしくなり、声が澄んでくる

七、笑顔は磨くほど効果が大きい

等を話され、笑顔作りのエクササイズが始まった。

さあリラックスして私と一緒にスマイル体操をしましょう。大きく息をはいて下さい。（一）、フー…（二）フ…（三）フ…（四）フ…（五）フ…。

私が先に言いますから後に続いて、大きな声で、口も大きくあけて、アイウエオ、イウエオア、ウエオアイ、エオアイウ、オアイウエを五回くり返す。

息を大きくはきながら大きな声で、「おはようございます」「ありがとうございます」「こんにちは」も五回くり返した。

大きな口をあけたり、口を右に寄せたり、左に寄せたり、タコの様な顔を作ったり…。

次に一人一人に割り箸が配られ、この割り箸を、一番前の上下の歯で軽くくわえて、微笑んでみて下さい。イーっていう感じです。隣の方と微笑み合ってみて下さいね。その感じで、割り箸なしで、隣の方と微笑み合って下さい。皆さん、だんだん素敵な笑顔になってきましたよ。
スマイル体操に資本は何も入りません。明日の朝から鏡の前でほほえんでみて下さいね。最後にもう一つお願いがあります。それは他の人の笑顔が素敵だと思ったら、口に出してほめてあげて下さい。そうする事が笑顔の輪を広げることになるのです。あなたの家庭、職場、笑香村塾を笑顔の発進地にして下さいませ。お一人お一人がスマイルパワーを身に付けて頂き、素敵な笑顔で幸せになっていただく事を願っております。今日は大変有難うございました。

森口講師の講話は大盛況に終わった。
萩市長から、森口京に笑顔初段の認定証が贈られた。

（第S—1号）
認定証書　　森口　京殿
右、審査の結果笑顔初段を認定します

令和三年七月四日
笑香村塾　塾長　江本文夫

市職員の方から今日参加された全員に帰りぎわに、Ｄ・カーネギーの言葉が印刷された小さなメモリアル用紙が配られた。

「笑顔」

元手がいらない。しかも利益は莫大、与えても減らず、与えられたものは豊かになる。

一瞬見せれば、その記憶は永久に続くことがある。どんな金持ちでも、これなしでは暮らせない。どんな貧乏人もこれによって豊かになる。家庭に幸福を、商売に善意をもたらす友達の合言葉、疲れた者にとっては休養、失意の人にとっては光明、悲しむ者にとっては太陽、悩める者にとっては自然の解毒剤、買うことも、強要することも、盗むことも出来ない。無償で与えてはじめて値打ちがでる。

笑香村塾の塾長は年収八〇〇万円の給与で、令和三年末締切の全国公募となり募集中です。

その他いろんな事が、笑顔条例促進審議会のメンバーによって進められている。

笑香村塾については、笑顔の階級を設け、十級から、九、八、七、～一、初段となる。

初段は最高位である。一泊二日の塾の研修を受けた人には八級が与えられる。年に一回しか昇級試験は受けることが出来ない。一定程度のボランティアに携わった方は塾長の判断で一回だけ、二階級昇級が認められることがある。市内のイベント（維新マラソン）に参加した人は一階級昇級。……等こちらも少しずつ審議が進んでいる。

笑顔初段が認められた方には、運転免許証と同じ大きさの笑顔証明書が発行され、スマホアプリでも証明される様になっている。

笑顔初段の人には、萩市内をはじめ、山口県内の有料施設や、美術館等の入場料は二割引。指定を受けた、ホテル、旅館、食堂、おみやげ店等を利用した場合は一割引の特典が受けられる。

萩市民条例についても条例作りが進められ、米国ポカテロ州と姉妹提携し、ポカテロ市職員一人を招待して笑顔条例作りを続行中である。

一、十月の第一週をスマイル週間と名付け、スマイルフェスティバルを開催する。一人だけスマイルチャンピオンを決定し笑顔初段認定証書を授与。（チャンピオンカップと金一封を贈る）

一、萩市民はスマイル週間に協力しなければならない。不機嫌な顔をしているものは罰せられる。

一、市役所にスマイル課を新設して笑顔作りを推進する。

一、笑顔条例に違反した人は、笑香村塾の一泊二日の研修コースを修了する事。

令和四年八月一日の笑香村塾のオープンに合わせて、笑顔条例も施行される事に決まった。

そんな折、森口京からメールが入る。

〈萩市での笑顔の講話と笑顔初段の認定有難うございました。塾や条例は進んでいますか？　実は大分県杵築市に行ってみたいのですが、一泊二日のプランをお願いしたいのです。出来れば私の車を北村さんに運転してもらい一緒に行きたいのですが…〉

と記してある。

博にとっては、夢また夢の様な話である。

〈OK、徳山港から車ごとフェリーで竹田津港へ、国東半島回って、杵築で一泊して帰りは陸路で帰る計画にしましょう〉

博にとっては旅程の作成はお手のもので、いままでの複数の旅程のコースがパソコンに入っている。国内の簡単な旅程なら二時間もあれば出来上がる。旅程コースを森口さんのパソコンに送っておいた。

当日は山口駅前で待ち合わせ、そこから森口京さんの車に同乗して行く事にし、博の車は駅の駐車場に置いた。

徳山港九時発のフェリーで出発した。出発してからしばらくの間、カモメが二羽フェリーを追ってきて、二人の初旅を見送ってくれる。竹田津港まで、二時間、杵築まで国道二一三号線で約一時間三十分かかる。

杵築の町は杵築城を中心に坂と坂が向かい合い、それぞれの坂の高台に造られた武家屋敷がその谷間にある。商人の町を挟んだ形になっている事から、サンドイッチ型城下町と呼ばれている。全国初、着物が似合う歴史的町並に認定された。

今でも江戸時代の風情が香り、町並を着物姿で歩けば、まるで江戸時代にタイムスリップしたかの様である。酢屋の坂に立ってみると、萩とはまた違った城下町で、急勾配に下っている道が、向こう側は登り坂になって続いている。

「博さん写してあげる」

「ありがとう」

「ハーイ、ウイスキー」

京も博の一眼レフカメラで何枚か撮ってもらう。

「京さんの着物姿、見てみたいな」

「そうね、お茶とか、お花する時は着物、着る事あるのですよ」

「そうなんですね」

「パンフに書いてあったの、杵築の町では着物着ている人は、いろんな割引とか、プレゼントがあるって、博さんも着物着て歩いたら」

「次回そうします」

博が子供の頃は寝る時は〈ねまき〉と呼ばれる着物に着がえてから寝た覚えがあるが、最近は旅館で着る、ゆかた位しか着たことはない。

途中、串団子のお店に寄って山香純米団子をいただく。

二人一緒に歩いている姿を唯が想像しただろうか？　二人だけの幸せな時が流れていく。

京との出会いは必然的だったのだろうか。人生は全て必然的な出会いで、偶然的なものは無いって誰かから聞いた事がある。

二日目は富貴寺に寄った。富貴寺は国東半島の六郷エリアに分布する天台寺院の総称で、日本で最初に神と仏を習合した宇佐神宮の寺院郡の一つといわれている。

富貴寺の左右に均整のとれた美しいたたずまいの大堂は国宝に指定されていて、現存するものの中では九州最古の木造建築といわれている。

五月の新緑の新鮮さが、博や京のまぶたに焼き付いた。博はこの芽ぶき始めの新緑が大好きである。木々が一斉に芽ぶき始めている躍動が、心に新鮮さと若さを感じさせてくれる。

新緑と富貴寺の風景がとてもマッチしていて、二人が景色の中に溶けこんで、優しい笑顔で話している姿は笑顔の恋人という感じがした。

「博さんこの時期の新緑が一番奇麗ね」

「そうですね。この季節に笑顔初段の京さんと一緒に来る事が出来て最高です」

「そうねー」と京は恥ずかしそうに言った。

宇佐ＩＣから高速に乗り、山口駅前の駐車場に着いたのは十七時過ぎでした。

「博さん楽しい二日間、有難うございました。運転おつかれ様」

「こちらこそ、有難うございました。この旅でとっても素敵なものを見つける事ができました。それは京さんが私にくれた笑顔です。ありがとう」

笑香村塾や笑顔条例の問い合わせが、電話や、ＦＡＸ、で沢山入っていると、スマイル課からメールが入る。

〈萩市には笑顔条例があるそうですね。私達が萩市を訪れて、ブスーとしていたら、罰金を取られませんか？〉

〈萩市民の条例ですから、市民以外の方は大丈夫ですよ〉

〈笑顔初段の方の笑顔が見てみたいのですが会う事はできますか〉

〈笑香村塾の塾長は笑顔初段ですよ〉

〈エージェントですが、高校生の修学旅行生、約五十人位、笑香村塾で笑顔の講話受けたいのですが、十月二日の十三時から大丈夫でしょうか？〉

〈十月二日は十五時からですと大丈夫ですよ〉

六月のよく晴れた日に博は椿園に自転車ででかけた。椿園の端の岬に立つと、海の青さと空の青さが交じり合い、どこまでも続いて、初夏を思わせる入道雲が浮かんでいる。

娘の顔、両親の顔、祖父母の顔、友の顔、一生懸命学校の地獄の友の顔、今まで出会った人達の顔、みんな優しい笑顔だった。

博の笑顔も見てくれる人がいる。人は他の人を心豊かにし、幸せにする為に生きているんだ。その為には笑顔で接しなくては。

笑顔が香る城下町。この白い波と初夏の風にのって、もっともっと笑顔が広がるといいな。

博は海に向かって、みやこさんありがとう、と大きな声でさけんだ。

終

あとがき

優しい心と笑顔の貯金をしましょう。

家族、友人、会社の同僚、恋人、あなたの身近にいる方々は、あなたの事を守ってくれている優しい人達です。

そんな彼や彼女に優しい心と笑顔を投げかけてあげましょう。その事は、きっとあなた自身に返ってきて、皆さんからの素敵な心のプレゼントを受け取る事が出来ますよ。そうしてあなたの心をバージョンアップしてくれるのです。

お金の貯金は誰にでも出来ますが、優しい心、笑顔の貯金は誰にでも出来るものではありません。十年先の自分に会えた時に「素敵な笑顔しているね」と言われる様に、あなたも今日から優しい心と笑顔の貯金を始めましょう。

顔造りは人にしか出来ません。一流の人物と言われる人の顔は、誰が見ても魅力的な顔をしておられます。魅力的な顔造りも、一朝一夕に出来るものではありませんし、その場限りの笑顔を見せても何にもなりません。

あなたが自分の一番好きな人と話している時の顔はとっても素敵な笑顔で接しているはずです。誰と話している時でも相手は自分の恋人だと思って接してみましょう。そうすると知らず知らずの内に、優しい心と笑顔の貯金が出来るようになれますよ。

剣道、空手道等、十級から初段とある様にまずは「優しい心と笑顔初段」めざして今日からスタート。

著者プロフィール

北 星吾（きた せいご）

本名、安達茂博。

山口県萩市出身、萩高校卒。大学時は福岡にて学ぶ。

㈱ジュンテンドー勤務（店長、バイヤー職を経験）後、益田自動車学校（技能、学科指導員）等を経て、現在は旅行代理店（萩、津和野、益田）経営。

スマイル教室（笑香村塾塾長）。

著書　『笑顔の風景』文芸社　2022年

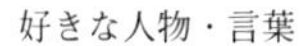

好きな人物・言葉
高杉晋作　後れても後れてもまた君たちに誓いしことを我忘れめや。
久坂玄瑞　世のよし悪しはともかくも、誠の道を踏むがよい、踏むがよい。

恋人は笑顔初段

2023年11月15日　初版第1刷発行
2023年12月25日　初版第2刷発行

著　者　北 星吾
発行者　瓜谷 綱延
発行所　株式会社文芸社
〒160-0022　東京都新宿区新宿1－10－1
電話　03-5369-3060（代表）
03-5369-2299（販売）

印　刷　株式会社文芸社
製本所　株式会社MOTOMURA

ISBN978-4-286-24611-6